SAINT-GERMAIN

VERSAILLES. — IMPRIMERIE CERF, RUE DU PLESSIS, 59.

SAINT-GERMAIN

LE CHATEAU, LA VILLE ET LA FORÊT

DESSINÉS D'APRÈS NATURE, PAR JAIME

AVEC

UN TEXTE HISTORIQUE ET DESCRIPTIF

ET INDICATION DES MOYENS DE TRANSPORT, CHEMINS DE FER ET VOITURES PUBLIQUES.

VERSAILLES

CHEZ BRUNOX, IMPRIMEUR-LITHOGRAPHE, PLACE HOCHE, 13

1859

SAINT-GERMAIN

LE CHATEAU, LA VILLE ET LA FORÊT

Précis historique.

Aux premiers temps de notre histoire, vers le commencement du VIIe siècle, tout le territoire de Saint-Germain était couvert par la forêt d'Iveline, dont une fraction, où s'élève aujourd'hui la ville, portait le nom de forêt de *Lida*, *Lidia*, *Leia*, et vulgairement *Lée* ou *Laye*. Childéric II, vers cette époque, fit construire dans la forêt de Laye une chapelle qui fut dédiée à saint Léger, après la mort de ce pieux évêque ; il existait, à peu de distance de cette chapelle, un oratoire dédié à saint Gilles, dans une bourgade qui devint, par la suite, la ville de Saint-Germain.

Vers 996, cette chapelle fut remplacée par une église, et un monastère que le roi Robert II fit construire au sommet de la colline d'Aupec, sous l'invocation de saint Vincent, diacre et martyr, et de saint Germain, évêque de Paris. Ce roi s'était réservé un droit de gîte dans le monastère, pour lui et pour ses successeurs ; on suppose que, depuis, il fit élever près de l'église une habitation royale, car les écrivains du temps font connaître que son fils Henri Ier habita le château royal de Saint-Germain. L'origine de la ville actuelle peut donc être fixée au commencement du xie siècle.

Philippe Ier, fils de Henri Ier, continua l'œuvre de ses prédécesseurs, et la population s'augmenta. Louis VI, dit le Gros, voulant assurer la défense du pays, résolut de bâtir une forteresse sur un des points les plus élevés de la vallée de la Seine. Il fit ériger un château-fort sur l'emplacement même du palais de ses ancêtres.

Ce château, comme celui d'aujourd'hui, entouré d'un large fossé, était flanqué de cinq grosses tours; ses remparts étaient garnis de créneaux et de meurtrières, des ponts-levis donnaient accès dans l'intérieur. Ainsi que le constate une chartre, il fut achevé en 1124. Louis VI, son fondateur, y mourut en 1137.

Louis VII, dit le Jeune, reçut en 1169, le 6 janvier, au château de Saint-Germain, Henri II Plantagenet, roi d'Angleterre, qui, ayant conclu une trève avec le roi de France, vint, accompagné de ses fils, le vi-siter dans son château-fort. En 1180, Philippe-Auguste, devenu roi, adopta le séjour de Saint-Germain.

Louis VIII, Louis IX (saint Louis) y résidèrent à leur tour, et Louis IX y reçut, en 1247, Baudoin empereur de Constantinople, qui venait, par suite d'un traité, lui remettre la sainte couronne et un morceau du bois de la vraie croix, qui furent transportés en grande pompe dans la Sainte-Chapelle de Paris.

C'est de Saint-Germain que saint Louis partit pour sa première croisade. La reine Blanche de Castille, sa mère, resta dans son château de Poissy.

Philippe-le-Hardi, Philippe-le-Bel, Louis X, dit le Hutin, Philippe-le-Long, Charles IV, Philippe de Valois habitèrent aussi St-Germain. Des chartres et décrets en font foi. En 1346, Philippe VI et Edouard d'Angleterre, après une trève de deux années, recommencèrent la guerre, et les soldats du prince de Galles, surnommé le prince Noir, s'étant avancés au-delà de Poissy, pillèrent et brûlèrent Saint-Germain.

Le château-fort de Louis-le-Gros, ruiné et ravagé

par les Anglais, fut réédifié notablement par Charles dit le Sage. Ce roi fit établir le premier des aqueducs qui, dans des conduits souterrains, amenaient dans la ville des eaux de sources, qui devinrent un véritable bienfait, en remplaçant les puits malsains creusés dans la cour du château, et le ru de Buzot, dont les eaux étaient loin d'être pures et limpides.

En 1419, les Anglais, conduits par Henri V, roi d'Angleterre, s'emparèrent de Saint-Germain, qui, plus tard, fut repris par Charles VII.

Jusqu'à François Ier, le château et la ville restèrent à peu près dans la même situation. Lorsque ce roi monta sur le trône, il les choisit pour sa résidence ordinaire; le château est considérablement agrandi, et la présence d'une cour brillante donne à la ville une importance qu'elle n'avait point eue jusqu'alors. Deux marchés par semaine et quatre foires par an sont établis, la population augmente de jour en jour. François Ier est, à ce titre, le vrai fondateur de la ville de Saint-Germain. Tombé malade dans le château de la Muette, qu'il avait fait bâtir, ce roi mourut à Rambouillet en 1547.

Henri II succède à son père, et le château de Saint-Germain devient le théâtre d'un combat judiciaire, que Lacretelle, Anquetil et d'autres historiens ont enregistré.

François Vivonne de la Chateigneraie, favori de Henri II, et Guy de Chabot, de Montlieu, seigneur de Jarnac, causant un jour en compagnie de Henri, alors dauphin, Vivonne demanda à Montlieu comment il pouvait mener si grand train avec ses seules ressources personnelles. Montlieu répondit qu'il obtenait, en lui faisant la cour, tout l'argent qu'il désirait de sa belle-mère. Cette réponse, que le dauphin interpréta faussement, fut rapportée par lui ; la calomnie répandit le bruit qu'une liaison incestueuse existait entre le jeune sire de Jarnac et sa belle-mère. Jarnac et son beau-père étant venus demander à François Ier une éclatante réparation, le roi ne voulut pas autoriser un duel.

Henri II monté sur le trône, permit à Vivonne d'assumer sur lui-même la faute de son maître, en se déclarant l'auteur du propos : le 11 juillet 1547, au milieu d'une lice richement ornée, en présence

du roi et de toute sa cour, le connétable de Montmo-
rency, juge du camp, Vivonne et Montlieu après
avoir par serment, affirmé que leur cause était juste,
leurs armes non défendues et qu'ils n'avaient point
eu recours aux enchantements, commencèrent
le combat où on s'attendait que Vivonne, consi-
déré comme la première lame du royaume, aurait
l'avantage. Montlieu vivement assailli, faisait cependant preuve d'adresse ; mais soudain, il paraît
plier sous les coups de son adversaire, on le croit
perdu, il fléchit, et, se couvrant la tête de son bou-
clier, il frappe au jarret Vivonne, qui tombe aussitôt grièvement blessé et hors d'état de se soutenir :
Rends-moi mon honneur, lui crie Montlieu, ne voulant pas l'achever. Vivonne garde un silence farou-
che. Sire, dit Jarnac, allant vers Henri, je vous donne
mon adversaire. Le roi se tait : Montlieu retourne
vers Vivonne qui fait un effort pour ressaisir son
épée et se traîner jusqu'à son adversaire : Ne bouge
ou je te tue, lui dit Montlieu. — Tue-moi donc, répond
Vivonne. Montlieu, ému de compassion, jette son
épée et va de nouveau implorer le roi en s'écriant :

Prenez-le, sire, il est vôtre, je vous donne sa vie, et
je demande à Dieu que le brave chevalier puisse
vous servir contre vos ennemis comme je le ferai
moi-même : Le roi se rendit et dit à Montlieu en
l'embrassant. « Vous avez combattu comme César,
et parlé en Aristote. » Vivonne ne vécut que trois
jours après avoir déchiré en furieux les bandages
qui couvraient sa blessure. Le duel eut lieu sur
l'emplacement actuel de la Cité de Médicis.

François II laisse peu de souvenir à Saint-Germain ; Charles IX y encourage l'établissement d'une
fabrique de glaces qui était située dans la rue qui
porte encore le nom de rue de la Verrerie ; Henri III
affectionnait aussi le séjour de Saint-Germain.
Henri IV, malgré son amour pour les Parisiens qu'il
ne quittait pas volontiers, tant ils étaient, disait-il,
« affamés de le voir, » ordonna à Saint-Germain la
construction du château neuf, trouvant l'aspect du
vieux château trop sévère et trop formidable. Le château neuf fut achevé en 1603. Marie de Médicis vint
presque aussitôt l'habiter, et le dauphin (Louis XIII)
qui demeurait à Fontainebleau y fut amené.

Louis XIV naquit dans le château neuf, le 5 septembre 1638 ; il fut ondoyé par Mgr Dominique Virguier, évêque de Meaux et grand aumônier de Sa Majesté, dans la chapelle qui existait dans le pavillon qui conserve aujourd'hui sa forme primitive, et est connu du public sous le nom de pavillon de Henri IV ; on y a établi un restaurant.

Louis XIII mourut à Saint-Germain le 14 mai 1643. Dans l'appartement de gauche du château neuf, d'où la vue embrassait tout l'horizon, en ce moment suprême ses regards rencontrèrent les clochers grisâtres de l'abbaye de Saint-Denis, et, se tournant vers les personnes qui l'entouraient : « Voilà, dit-il, où je resterai longtemps. »

Pendant la régence d'Anne d'Autriche, Mazarin, son ministre favori, vint fuir à Saint-Germain les entreprises des frondeurs.

Christine, reine de Suède y reçoit l'hospitalité de Louis XIV, devenu roi, et se rend ensuite à Fontainebleau.

Le 17 septembre 1660, Louis XIV, la reine et la cour s'installent à Saint-Germain. Dès cet instant commencèrent des améliorations de toutes sortes. Le château neuf fut abandonné et le vieux château retrouva sa splendeur : Mansard, Mignard, Lenôtre, Bossuet, Racine, Molière, vinrent tour à tour l'embellir et l'illustrer ; le parterre et la grande terrasse furent construits par Lenôtre. En 1681, les cinq pavillons qui flanquent le vieux château furent élevés par ordre du roi sur les dessins de Mansard. Ces travaux furent d'une longue durée. La cour quitte alors Saint-Germain pour aller désormais habiter Versailles.

En 1682, on décida la restauration de l'église. Mansard fut chargé de ce travail, dont plus loin nous donnerons les détails ; la consécration de ce monument eut lieu le 10 avril 1683.

En 1689, Jacques II, roi d'Angleterre, et la reine Marie d'Este, son épouse, obligés de fuir leur patrie, reçurent à Saint-Germain une noble et gracieuse hospitalité. Le roi de France alla jusqu'à Chatou au devant de la reine d'Angleterre. « Je vous rends, madame, lui dit-il, un bien triste service ; mais j'espère vous en rendre bientôt de plus grands et de plus heureux. » En effet, un parti dévoué au roi Jacques s'était formé en Irlande; une expédition fut formée, et le roi, reconnaissant des efforts faits en sa faveur par Louis XIV, qui en ce moment même était en guerre avec l'Allemagne, l'Angleterre, l'Espagne et la Hollande, partit pour tenter de reconquérir sa couronne, et s'embarqua à Brest. En le quittant, Louis XIV lui dit : « Tout ce que je puis vous souhaiter de mieux, c'est de ne jamais vous revoir. »

Le sort voulut que Jacques II revînt mourir en France ; il retrouva à Saint-Germain tous les soins généreux dont on l'avait comblé ; mais, accablé des chagrins causés par la perte d'un trône, il expira le 16 septembre 1701. Sa femme, Marie d'Este, lui survécut, et malgré les efforts de son fils, connu sous le nom du chevalier de Saint-Georges, elle mourut aussi à Saint-Germain le 17 mai 1718.

Louis XV, après la mort de Louis-le-Grand, fit preuve de sollicitude pour cette ville, demeure de tant de rois. L'église paroissiale n'étant plus assez vaste pour les besoins du culte, il voulut qu'elle fût rebâtie sur un plan plus vaste. Les travaux, d'abord entrepris avec activité, ne furent pas continués, et les événements de la révolution les firent complétement abandonner.

Depuis, les annales de cette ville offrent peu de faits saillants.

Pendant la Terreur, des mouvements populaires eurent lieu à Saint-Germain, comme par toute la France; à l'exception du meurtre d'un soi-disant accapareur, dont un garçon boucher coupa la tête, qu'on promena au bout d'une pique, suivant l'horrible usage alors adopté, on doit dire, à l'honneur des habitants, qu'on ne peut leur reprocher les cruautés sans nombre qui ailleurs ont affligé l'humanité.

En 1806, l'empereur Napoléon fit entourer de murs la forêt de Saint-Germain.

En 1809, le château, longtemps inhabité, fut destiné à une école spéciale de cavalerie. Cette école a été supprimée depuis par Louis XVIII.

En 1832, les échos du vieux château se réveillèrent aux sons d'une musique harmonieuse; les murs assombris et les dorures flétries retrouvèrent un reste d'éclat aux feux des lustres étincelants qui éclairaient la salle du bal. Le duc d'Orléans et son frère, le duc de Nemours, colonel du régiment de lanciers en garnison dans cette ville, donnaient une fête à la garde nationale et aux notables habitants.

Au bruit de cette fête, succédèrent bientôt le silence et la solitude, qui de nouveau furent troublés lorsqu'on érigea le château en pénitencier, destiné aux jeunes militaires, tristes successeurs donnés aux courtisans fastueux qui avaient été si longtemps les hôtes joyeux de cette royale demeure.

Le 10 juillet 1855, le pénitencier de Saint-Germain a été supprimé par ordre de l'Empereur Napoléon III; le château, qui avait été retiré à la liste civile en 1830, et livré à l'administration de la guerre, est retourné au domaine de la couronne.

La ville de Saint-Germain.

Notre précis historique a fait connaître l'origine et la position de la ville de Saint-Germain; nous bornerons ici à décrire sa situation actuelle.

Saint-Germain-en-Laye, chef-lieu de canton, arrondissement de Versailles, département de Seine-et-Oise, est situé à vingt-trois kilomètres de Paris et douze kilomètres de Versailles. Sa population est de 14,283 habitants.

Les rues, à l'exception de quelques-unes au centre de la ville, sont suffisamment larges et aérées; les maisons simples d'architecture, mais entretenues avec soin. D'importantes améliorations et des embellissements sont en voie d'exécution; un quartier nouveau, la cité Médicis, s'élève près du château, et sur l'emplacement de l'ancien parc de Noailles, de nouvelles rues ouvertes sont déjà garnies d'agréables constructions, qui, en rajeunissant la ville, vont doubler sa population. Le zèle éclairé de M. de Breuvery, maire actuel, encourage tous les efforts, et, sous son habile administration, Saint-Germain ne peut que s'accroître et prospérer.

On lui doit une des ressources les plus utiles à une grande agglomération: la quantité d'eau nécessaire à l'alimentation était devenue insuffisante, les moyens employés jusqu'à ce jour demeuraient impuissants; M. de Breuvery eut recours à un système jugé impraticable, qui pourtant réussit.

Tel est l'empire de la routine, qu'une sorte d'aveuglement excite certains hommes à repousser ce qu'ils n'ont pas imaginé. Ce projet, admiré aujourd'hui, essuya les critiques du scepticisme le plus opiniâtre : prétendre l'exécuter était le rêve d'un fou !

« *Ce fou, j'ai osé l'être,* » a dit M. de Breuvery dans le discours qu'il a prononcé le jour où, en présence de M. le Préfet de Seine-et-Oise, un comité spécial et le conseil municipal lui ont offert un magnifique vase d'honneur au nom de ses concitoyens, comme témoignage de leur reconnaissance pour la découverte des nouvelles sources de Retz, et leur réunion aux aqueducs de la ville.

Or, il faut, pour comprendre toute l'importance du service rendu par M. de Breuvery, savoir que les aqueducs anciens, qui autrefois versaient au delà de trente-six pouces d'eau, n'en produisaient plus que vingt; qu'une pompe à feu établie au bas du coteau de Saint-Germain n'en élevait pas plus de dix pouces, quand les besoins de la population en réclamaient au moins cinquante par jour. L'ingénieux mode de drainage conçu par M. de Breuvery est venu satisfaire à toutes les exigences, et, moyennant une dépense de 50,000 francs, la ville de Saint-Germain s'est vue dotée d'un volume d'eau qui produit un revenu de 40,000 francs par an.

Saint-Germain est non-seulement une ville de plaisance, mais aussi une ville de commerce ; les marchés aux grains, aux porcs et aux denrées, créés par lettres-patentes de François Ier, sont des plus importants; ils se tiennent pour les grains et les porcs le lundi, pour les grains et denrées le mardi. La vente des grains a lieu dans la halle construite en 1770 sur la place du Marché-Neuf; la vente des porcs a lieu sur un emplacement spécial, au quartier des Joueries, à l'angle des rues de Mantes et d'Anès ; le marché aux denrées diverses tient tous les jours dans le marché couvert, construit entre les rues de Pologne et de Poissy; les magasins de bijouterie, orfévrerie, horlogerie, nouveautés, chapellerie, quincaillerie, épicerie et approvisionnements de toutes sortes, les négociants, cultivateurs, fermiers et habitants des campagnes qui s'y réunissent les jours de marché, tout contribue à donner à la ville un aspect florissant. Diverses industries y sont en vigueur : des blanchisseries, des tanneries sur le ru de Buzot et aux environs, une garnison de cavalerie et d'infanterie anime singulièrement la ville ; les casernes, les anciennes écuries de la reine (aujourd'hui la manutention), les quartiers de Luxembourg et de Grammont, le manége couvert, sont destinés à cette garnison qui depuis quelque temps est fournie par la garde impériale : ces bâtiments sont situés à l'entrée de la ville aux angles de la place Royale, par où le voyageur pénétrait dans Saint-Germain quand le chemin de fer avait son débarcadère au pont du Pecq, qu'il fallait traverser ; on montait la côte en pente douce, au sommet de laquelle s'élève Saint-Germain ; de loin on apercevait dans toute sa longueur la terrasse, avec le pavillon de Henri IV. La terrasse principale du château neuf, le pavillon Trubert, conservé jusqu'à ce moment, et

qui est un des deux pavillons élevés sur la troisième terrasse du château neuf, près du bord de la Seine (*pour cet ensemble, voir le dessin côté de Saint-Germain*).

L'embarcadère actuel du chemin de fer est situé place du Château. L'innovation du système atmosphérique a amené ce changement favorable aux habitants, qui sont débarqués à leur porte, et aux visiteurs, qui n'ont plus à franchir la distance du Pecq à Saint-Germain.

Les voyageurs, en arrivant, pourront visiter d'abord l'église, qui, malgré ses défauts, est d'un aspect assez monumental ; le château, dont nous donnerons la description en son lieu. Le restaurant Galles, près du débarcadère, le restaurant du Pavillon de Henri IV, leur offriront au besoin les trésors de l'art culinaire ; ils parcourront ensuite le parterre, la terrasse, la forêt, la maison impériale des Loges, la Muette, le château du Val. S'ils veulent étendre leur excursion jusqu'à Poissy, où un service d'omnibus et les voitures de place les conduiront en peu de temps. Ils pourront visiter l'église, principale curiosité de cette petite ville, où les antiquaires viennent admirer les derniers débris des fonds baptismaux sur lesquels saint Louis a été baptisé.

La maison de détention, triste séjour, doit cependant être visitée; les ateliers de toutes sortes où travaillent les prisonniers, au nombre de quinze ou seize cents, l'ordre admirable qui y règne, pourront mériter l'attention des étrangers. Si on se rend à Poissy un jeudi, on jouira du coup d'œil pittoresque qu'offre ce marché considérable, où par année on vend en moyenne 100,000 bœufs, 20,000 vaches, 50,000 veaux et près de 1,400,000 moutons.

L'Église.

L'ancienne église de Saint-Germain, bâtie par Mansard en 1688, fut démolie en 1746. L'église actuelle, commencée sous le règne de Louis XV, restée inachevée, fut terminée en 1827. La cérémonie de sa bénédiction eut lieu le 2 décembre de cette année. Des vices de construction faillirent amener la ruine totale de cet édifice, et nécessitèrent une restauration générale. On reproche à la façade deux demi-frontons qui la déparent; la nef et le chœur sont plus satisfaisants. On y remarque une belle ordonnance de vingt colonnes ioniques; la chaire date du temps de Louis XIV; elle fut d'abord destinée à la chapelle de Versailles. La première chapelle de droite renferme un mausolée élevé à la mémoire de Jacques II. De très-belles peintures murales ont été exécutées à fresque par M. Amaury-Duval.

Le vieux Château (voir le dessin).

Notre précis historique a fait connaître la date qu'on croit être celle de la fondation de ce château, et les transformations qu'il a subies; en le parcourant, l'imagination reproduira les scènes dont ces murs ont été les témoins; la reine Berthe, la reine Clotilde, la noble et pure Blanche de Castille, Jeanne d'Aragon, Isabelle de Navarre, Anne de Bretagne, la duchesse d'Étampes, Diane de Poitiers, la belle et infortunée Marie Stuart, l'artificieuse Catherine de Médicis, Anne d'Autriche, Marie-Christine de Suède, madame de Montespan, apparaîtront dans ces salles désertes, où elles ont été entourées de tant d'hommages et de respects.

Pour mieux faire revivre tout ce passé, il est nécessaire de rappeler la distribution intérieure des divers appartements; ces dispositions sont restées ignorées. On sait seulement que l'entrée d'honneur était par la porte du côté opposé au parterre. Quand le roi de France revenait habiter le château, le gouverneur lui remettait la clé de cette porte. Cette clé existe encore aujourd'hui, on peut la voir parmi les curiosités de la Bibliothèque de Saint-Germain, où elle a été déposée.

On n'est guère plus instruit des arrangements pris par Louis XIV; la grande salle, où avaient lieu les bals et les spectacles de la cour, a cependant été conservée intacte jusqu'à ce jour. Dans diverses parties de l'édifice, les salamandres et les H H couronnés qu'on voit encore sur les cheminées en brique, rappellent le séjour des rois François Ier, Henri II, Henri III et Henri IV.

On croit que toute la façade de l'est du côté de la rivière était affectée aux salles de réception des ambassadeurs, à la salle du trône et autres pièces d'apparat; le roi avait ses appartements à l'ouest, la reine Anne d'Autriche occupait le premier étage du pavillon nord-est. Le salon et la chambre à coucher de la reine Marie-Thérèse d'Autriche venaient à la suite; l'entresol du pavillon de l'horloge était habité par la dauphine Marie-Anne-Christine-Victoire de Bavière, épouse de Louis, dauphin de France, et madame de Montespan occupait l'appartement du troisième dans le pavillon de l'est.

Jacques II, pendant son triste exil, logeait dans les appartements mêmes de Louis XIV, désormais fixé à Versailles; les marbres, les boiseries sculptées et dorées, les tableaux, les statues; tout ce qui rendait cette demeure digne de la majesté royale, a été dispersé dans d'autres résidences ou dans les musées publics.

La chapelle déjà réparée par François Ier, décorée avec tant de luxe par Louis XIII, entretenue avec soin par leurs successeurs, a été dégradée à la révolution, restaurée sous le règne de Charles X, en 1827. Elle n'a pas retrouvé sa première splendeur, mais elle est digne encore d'être visitée, les peintures de la voûte sont de Simon Vouet, de Lesueur et Lebrun (1).

Les gardiens ou concierges montrent aux voyageurs l'entrée des oubliettes; ce souterrain n'avait pas plus de deux mètres carrés, on le croit aussi ancien que le château lui-même. Sous Louis XIV, on a fait de vastes caves de tous ces souterrains.

En quittant le château, on visitera la cour, dont l'aspect est des plus pittoresque, le lierre, les fleurs grimpantes, étalant leur fraîche verdure sur les pierres noircies par le temps, semblent prédire au vieux château une régénération : que deviendra-t-il, après avoir été demeure royale, salle de spectacle pendant la révolution, école de cavalerie sous l'empire, hôtel des gardes du corps sous la restauration, pénitencier militaire sous le roi Louis-Philippe : que deviendra-t-il ? c'est ce que décidera la bienveillance de l'Empereur Napoléon III, toujours si heureusement préoccupé de l'intérêt des populations.

(1) Le beau tableau du Poussin, *la Cène*, qui est au Musée impérial du Louvre, décorait autrefois le maître-autel.

Le Château neuf.

Ce château n'existe plus depuis longtemps ; élevé par Henri IV, il fut détruit pour être réédifié sur de nouveaux plans, par ordre du comte d'Artois (Charles X); les travaux, interrompus avant la révolution, ne furent jamais repris ; il n'en reste plus aujourd'hui que les pans de mur de la terrasse principale et une seconde terrasse dont le milieu conduit de chaque côté, par une pente douce, à la route qui du Pecq mène à Saint-Germain ; à droite de cette terrasse, on voit le pavillon de Henri IV dont on a fait un café-restaurant; au bas de ce pavillon, existe encore une des grottes, célébrées si pompeusement par Duchesne, historien du temps. On y avait exécuté des merveilles hydrauliques. « On dirait, écrit Duchesne, dans la description qu'il fait de l'une de ces grottes, un rocher vidé, caverneux et tapissé de mousse épaisse et délicate ; là, vous voyez les bestes, les oyseaux et les arbres s'approcher d'Orphée touchant les cordes de la lyre, les bestes allonger les flancs et la teste, les oyseaux tresmoussér les aisles et les arbres se mouvoir, pour entendre l'harmonie de ce divin chantre. » Des décorations de ce genre existent encore de nos jours dans quelques riches villas d'Italie. Elles avaient été introduites en France par la Reine Marie de Médicis qui avait appelé pour les construire Francini, célèbre mécanicien de son pays. Le château n'avait qu'un seul étage ; la porte principale était ornée d'un portail soutenu par douze colonnes d'ordre toscan, formant vestibule, ce portique faisait face au vieux château, il conduisait aux appartements et servait de passage pour arriver aux terrasses et jardins extérieurs qui descendaient en amphithéâtre jusqu'au bord de la Seine.

Le Parterre (*Voir le dessin*).

En 1674, le parterre était un jardin de peu d'étendue qu'avait créé François Ier, en faisant abattre les arbres qui masquaient la vue du château. Lenôtre le planta en parterre ; des plates-bandes de verdure entourées de buis, et des bassins en faisaient l'orne-mentation selon le goût du temps ; la terrasse actuelle au-dessus de l'Orangerie du palais de Versailles est d'un dessin à peu près semblable : ces arrangements ont été supprimés depuis longtemps. La liste civile a cédé à la ville de Saint-Germain une portion de la forêt qui a été convertie en un délicieux jardin anglais ; les abords du château ont été ornés de pelouses formées de treillage, où de charmantes fleurs embellissent l'espace qui s'étend entre le débarcadère du chemin de fer, le quinconce et la terrasse.

La Terrasse.

La terrasse de Saint-Germain est une des plus splendides promenades de l'Europe : son étendue est de 2,400 mètres sur 35 mètres de largeur, elle fut construite par Lenôtre en 1676. Elle commence au pavillon de Henri IV (*voir le dessin*), et s'étend jusqu'à un large bastion où s'ouvre la grille royale ; elle est séparée de la forêt par un mur bordé d'une ligne d'arbres : de ce point on ne peut se lasser d'admirer le magnifique panorama que l'œil embrasse ; à l'horizon, vous voyez devant vous l'arc de triomphe de l'Etoile, la colline de Montmartre, le clocher de Saint-Denis, qui au moment de sa mort inspirait à Louis XIII une pensée philosophique, et que Louis XIV ne pouvait voir d'un œil indifférent : au midi le Mont-Valérien, vers la droite, Nanterre, le berceau de sainte Geneviève. Rueil, qui renferme les tombeaux de l'impératrice Joséphine et de la reine Hortense. La Malmaison où s'éternisera le glorieux souvenir de Bonaparte, premier consul ; au sommet des coteaux de Bougival, le pavillon de Louvecienne, retraite de Madame Du Barry, et l'aqueduc gigantesque qui conduit à Versailles les eaux de la Seine, qu'élève une nouvelle machine due à la munificence de Sa Majesté l'Empereur.

A gauche le château de Maisons-Lafitte, bâti par Mansard, pour René de Longueil, surintendant des finances, cédé depuis au président de Maisons, acquis en 1778 par le comte d'Artois, puis devenu la propriété du duc de Montébello et de Jacques Lafitte. Le coteau qui longe la terrasse est couvert de vignes et de différentes cultures jusqu'au niveau de la rivière. Le ruban argenté du fleuve, les fleurs de la prairie, les îles verdoyantes, et la forêt du Vésinet dont l'immense étendue est sillonnée par la blanche vapeur des locomotives, offrent un tableau plein de grandeur et de poésie !

Devant la place où était naguère la porte Dauphine, à l'extrémité de la petite terrasse, les deux bras de la Seine sont traversés par le double viaduc du chemin de fer (*voir le dessin*); la voie ouverte à l'embarcadère, près du parterre, passe dans un tunnel sous la terrasse, et, se déroulant à ciel ouvert, va se dérober aux yeux dans les profondeurs du bois du Vésinet.

La Forêt.

La Seine entoure la forêt de Saint-Germain, excepté la partie comprise entre Saint-Germain et Poissy, des hauteurs d'Herblay et de Triel on la découvre tout entière sur la rive droite du fleuve ; la superficie de cette magnifique étendue de bois est de

4397 hectares 41 ares; habilement percées, ses routes et ses allées offrent une longueur évaluée à 380 lieues. Les druides y exerçaient leur culte dans les siècle passés ainsi que le prouvent les dolmens récemment découverts entre Saint-Germain et Marly.

La grande route de Saint-Germain à Poissy, qui traverse cette forêt, date de la reine Blanche. François Ier prit soin de l'embellir, et y établit un service de conservation : Henri II, Louis XIII, Louis XIV contribuèrent à son agrandissement au moyen d'acquisition de terrains qu'ils firent planter : le sol y est sec et sablonneux, à l'exception de quelques mares disséminées, celles qui avoisinent la ville ont été comblées, leurs émanations nuisibles devenant aussi insalubres que désagréables pour les nombreux promeneurs. La surface de la forêt est unie, à l'exception de quelques monticules qu'on trouve aux étoiles de la butte du houx, d'Actéon, des grands veneurs, du dos d'âne et des brulins ; des poteaux indicateurs en facilitent le parcours ; elle renferme une grande quantité de cerfs, de daims et de chevreuils. On peut visiter la faisanderie à une petite distance de la croix de Saint-Simon, qui est une des plus vastes des domaines de la liste civile.

Les plus belles routes de la forêt sont celles de Saint-Germain à Poissy, celle bordée de contre-allées avec quatre rangées d'arbres, qui fait face au château, et va droit à la maison des Loges ; avant d'arriver aux Loges, une autre belle route s'ouvre à droite (*route de Pontoise*), et, traversant l'Étoile du chêne de Saint-Fiacre, conduit au pavillon et à la Croix de Noailles; en la suivant dans sa longueur on passe à la Croix de Saint-Simon, près la faisanderie, puis on arrive à la station de Conflans (chemin de fer de Rouen), et ensuite à la Croix du Maine.

Au centre de la forêt est le pavillon de la Muette, élevé par Louis XV; on s'y rend en ligne directe, en suivant l'avenue qui part de l'étoile des neuf routes, près le bâtiment de la machine atmosphérique.

Le château du Val mérite l'attention des visiteurs; on l'a conservé dans son entier, tandis que la Muette n'est plus qu'un simple pavillon carré : après avoir été la propriété des princes de Beauvau et de Poix, le Val appartient aujourd'hui à M. Fould ; ce château est situé à l'extrémité de la grande terrasse, à droite de la grille Royale.

Les arbres de la forêt, dont l'espèce est la plus nombreuse, sont les charmes, les chênes, les ormes et les châtaigniers. Ces essences d'arbres, à l'exception du chêne, ne conservent guère la sève au-delà de quatre-vingts ans. On ne trouve donc pas, à Saint-Germain, les géants de la forêt de Fontainebleau.

Cependant, plusieurs chênes isolés sont dignes d'être admirés; l'un des plus beaux est le chêne qui est sur la pelouse des Loges. Les chênes de Sainte-Anne, sur le chemin des Loges à Poissy, de la Vierge, sur la route des Loges à Saint-Germain, de Sainte-Geneviève, voisin de ce dernier, de Saint-Fiacre, chemin de Conflans, le chêne Capitaine et le Gros-Chêne, entre la porte de Chambourcy et la route de Poissy.

On rencontre dans la forêt des croix, colonnes ou pyramides, qui sont autant de petits monuments historiques.

La croix Dauphine, qui date du temps de Henri II, celle de Saint-Simon, posée par le duc de Saint-Simon, titulaire de la capitainerie de Saint-Germain; la croix Pucelle, ancien chemin de Saint-Germain à Poissy, élevée, suivant la tradition, à l'endroit où une jeune fille fut outragée et tuée; la croix de Berry (route de la Muette), où un nommé Berry, de Poissy, fut assassiné; la croix du Maine; la croix de Noailles, érigée par le maréchal de Noailles dans un carrefour de la route de Conflans.

Le service administratif de la forêt est ainsi composé :

Un inspecteur : M. Fouquier de Mazières ;
Un brigadier : M. Rozan ;
Un garde-général : M. Roche ;
Un garçon-garde : M. Bréhant fils ;
Vingt gardes forestier ;
Deux gardes-cantonniers ;
Cinq gardes-portiers : aux grilles Dauphine, de Pontoise, grille Neuve, de Poissy, et grille Royale.

Si, après une excursion dans la forêt, on rentre dans la ville par la grille de Poissy, en la traversant pour regagner le chemin de fer, on en pourra visiter les différentes parties que nous avons décrites plus haut.

Les Loges.

On donne plusieurs étymologies à ce lieu. Quelques historiens croient qu'il fut ainsi nommé à cause des loges qu'on y avait construites pour garder les chiens et les oiseaux de chasse dont se servaient alors les seigneurs féodaux. D'autres pensent, au contraire, que l'origine de ce nom est beaucoup plus ancienne, et qu'il vient des huttes ou cabannes qui servaient d'asile aux bûcherons de la forêt et à leur famille. Quoi qu'il en soit, il paraît certain qu'un château, dont les ruines existaient encore en 1615, y avait été construit par saint Louis.

Un monastère habité par des moines Augustins avait remplacé ce château. Le 9 janvier 1652, le pape Innocent X avait institué la confrérie de Saint-Fiacre, et des indulgences étaient accordées à ceux qui visiteraient la chapelle de ce saint. Une procession solennelle s'y faisait le 30 août (jour de la Saint-Fiacre), et attirait un nombre considérable de pèlerins. La foule a continué de se rendre aux Loges ; mais, aujourd'hui, ce n'est plus la piété, c'est l'attrait d'une fête populaire qui, chaque année, la ramène en ce lieu.

La communauté des Augustins n'était pas riche, et les bons Pères, obligés de recourir au travail, transformèrent leur demeure en une fabrique d'étoffes de velours et de soie, qui fonctionna jusqu'en 1790, époque à laquelle ils durent quitter leur couvent.

Une poudrière y fut établie en 1794, et supprimée en 1796. En 1811, Napoléon acheta les bâtiments des Loges, et y établit une maison d'éducation pour les orphelines ou les filles pauvres des membres de la Légion-d'Honneur. Cette institution, succursale de la maison de Saint-Denis, est à présent très-florissante.

La fête des Loges, qui se célèbre le premier dimanche après la fête de la Saint-Fiacre, est la plus fréquentée des environs de Paris ; elle a lieu sur la pelouse qui s'étend devant les bâtiments des

Loges, et sous les ombrages d'alentour. On ne peut se faire une idée de l'étrange tableau qu'offre cette tumultueuse réunion. Les orchestres des bals en plein air, les cuisines, les broches tournant sous la feuillée, scellées dans de petites constructions en maçonnerie ; les caves creusées sous l'herbe ; les myriades de danseurs, de buveurs, de joueurs de toutes classes ; la poussière, le fumet du rôti, la vapeur des cigares, l'odeur du vin et de l'alcool ; les cris des petits marchands, l'appel bruyant des saltimbanques, entraînent, étourdissent, enivrent. Si on n'est point acteur intéressé de ce spectacle, on peut s'en éloigner, et on retrouve à peu de distance, dans les profondeurs de la forêt, le calme et la solitude.

On a fait le calcul du nombre des bouteilles bues et des vivres consommés pendant la durée de cette fête : le total en est effrayant et digne de Gargantua.

FIN

COTEAU DE St GERMAIN.

LE CHÂTEAU DE St GERMAIN.

LE PARTERRE.

LE PAVILLON HENRI IV.

(La Turgis)

Lith Becquet frères, Paris

VIADUC DE S.ᵗ GERMAIN.

(Vue prise de la Terrasse.)

LES LOGES.

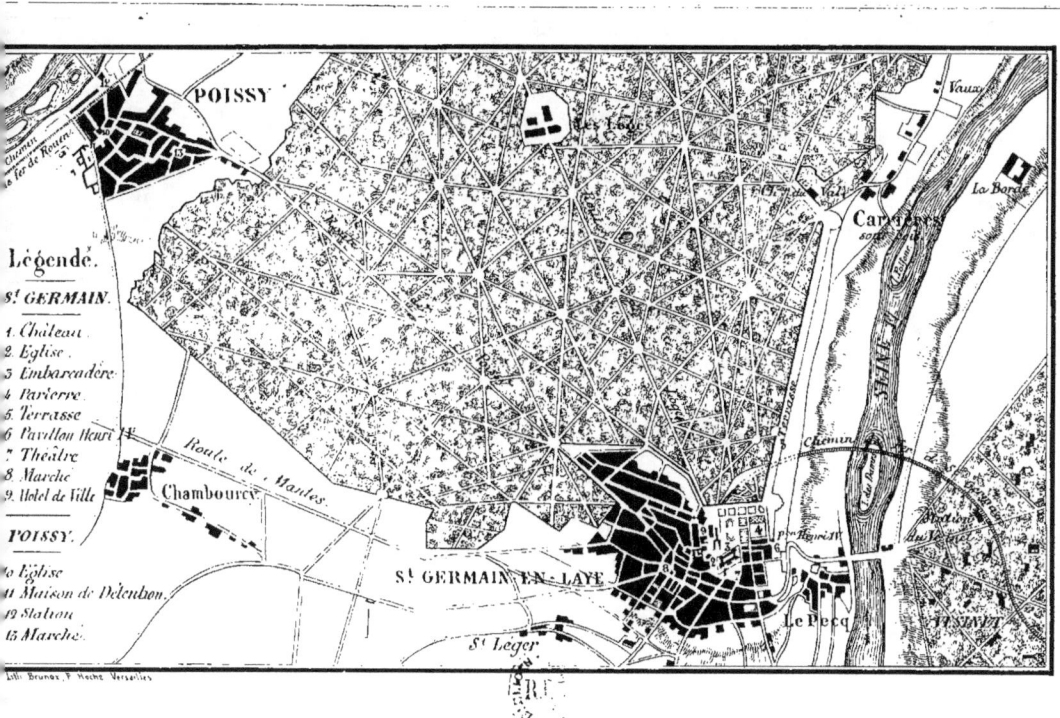

POISSY

Vaux

La Borde

Carrières

Légende.
St GERMAIN.
1 Château.
2 Eglise.
3 Embarcadère.
4 Parterre.
5 Terrasse.
6 Pavillon Henri IV
7 Théâtre
8 Marché
9 Hotel de Ville.

POISSY.
10 Eglise.
11 Maison de Déchon.
12 Station
13 Marché.

Route de Mantes

Chambourcy

Chemin

St GERMAIN-EN-LAYE

Pont Henri IV

Station du Vesinet

VESINET

St Leger

Le Pecq

Lith Brunot, F Hoche Versailles

RENSEIGNEMENTS

Moyens de transports.

Chemins de fer. — Les départs du chemin de fer ont lieu régulièrement tous les jours et à toutes les heures.

De Saint-Germain, en été, depuis 7 heures, et, en hiver, depuis 7 heures du matin jusqu'à 9 heures du soir (départ de 7 heures supprimé).

De Paris, en été, depuis 7 heures 35 minutes, et, en hiver, depuis 7 heures 35 minutes du matin jusqu'à 8 heures 35 minutes du soir (départ de 7 heures 35 minutes supprimé).

Le dernier départ de Saint - Germain a lieu à 10 heures 30 minutes, et celui de Paris à 10 heures.

Voitures publiques. — Entreprise de l'Union-des-Postes. — Départ de Saint-Germain : 7 heures du matin et 2 heures du soir.

Départ de Paris : 9 heures du matin et 4 heures du soir.

Bureaux à Saint-Germain, rue de la Verrerie, 3 ; à Paris, rue du Faubourg Saint-Denis, passage du bois de Boulogne.

Voitures de place. — Dans la ville : 1 fr. la semaine ; le dimanche 1 fr. 25 c.

Dans la forêt : voiture à un cheval, l'heure, 2 fr.;

le dimanche, 2 fr. 50 c. — Voiture à deux chevaux, l'heure, 2 fr. 50 c. ; — le dimanche, 3 fr.

En cas d'abandon d'une voiture, il sera dû une demi-heure pour le retour.

Loueurs de voitures et chevaux.

Aubry-Dragon, rue Saint-Pierre, 52.
Bigorne, rue aux Prêtres, 2.
Debore, rue de Versailles, 16.
Delporte, rue de Paris, 76.
Natal, rue de Poissy, 65.
Pinon, rue de Poissy, 66.
Prunier, rue Neuve-de-l'Église, 6.
Descarreaux, à la poste, rue de Paris, 66.
Gervais, rue Gaucher, 3.
Hamon, rue au Pain, 77.

Ravelet, manége des amateurs, grille du Boulingrin.

Hôtels.

Aglore, hôtel de la Terrasse, rue du Château-Neuf.
Batton, au Prince de Galles, rue de la Paroisse, 7.
Bourgeois, hôtel du Cheval-Noir, rue de Paris, 72.
Collinet, pavillon Henri IV.
Ferret, hôtel de l'Ange-Gardien, rue de Paris, 74.

Restaurants.

Collinet, pavillon Henri IV.
Galles, place du Château, 1.

www.ingramcontent.com/pod-product-compliance
Lightning Source LLC
Chambersburg PA
CBHW060855180626
46818CB00004B/1713